KB261037

땅끝에 서면
몬드리안의 바다가
보인다

땅끝에 서면 몬드리안의 바다가 보.인.다.

박은지 엮음

이가서
Leegaseo publishing

벌써 6년째…… 기상캐스터로 방송국을 드나든 지 2,000일이 넘는 시간이 지났다. 그 동안 참 많은 날씨를 전했고, 많은 계절이 스쳐갔다. 계절이 시작될 때의 설렘, 계절의 한복판에서 느끼는 클라이맥스, 작별을 해야 할 때의 아쉬움, 그리고 또 다른 만남과 시작…….
그날그날 방송에 맞는 곡을 뽑아놓으면 계절은 나에게 노래할 수 있는 가사를 만들어줬다. 가수는 아니지만, 나를 매일 밤 노래하듯이 방송할 수 있게 해준 게 날씨이다.

날씨를 빼놓고 우리 생활을 말할 수 있을까?
"오늘 날씨가 참 맑죠!" 어색한 첫 만남에서 '날씨'라는 서로의 공통 관심사를 이야기하며 대화의 연결 고리를 만든다.
맑고 따뜻한 날이 이어지는 어느 날, 학교에서는 소풍 날짜를 정할 것이며 날짜가 가까워질수록 학생들은 설렘 반, 비가 오지 않을까 하는 걱정 반으로 매일 하늘을 바라보게 된다.
혹독한 겨울 추위가 지나고 봄이 짙어지는 어느 날 밤, 연인들은 야외 테라스에 앉아 뜨거운 눈빛으로 사랑을 고백할 것이다.
한여름날 갑자기 쏟아지는 소나기 때문에 일을 망치기도 하겠지만, 그 속에서 새로운 인연을 만날 수도 있다.
가을에는 고즈넉한 자연의 풍경에 취하고, 겨울에는 살을 파고드는 강추위 속에 가끔 찾아오는 포근한 봄 같은 날씨를 즐기며 그 따스함에 미처 전하지 못한 감사한 마음을 전한다.

짧지 않은 시간, 날씨가 어떤 노래를 부르며 우리 곁을 지나갔는지 여기에 그 기억의 단서들을 하나하나 풀어놓는다. 대체 그 많은 시간 동안 우리를 감싸주었던 날씨와 날씨 사이에는 어떤 사연들이 숨어 살았던 걸까? 기나긴 그 이야기들은 대체 우리의 인생에 어떤 비밀을 전해주었던 걸까?
누군가 전해주었던 이야기가 기상캐스터의 마음을 아련하게 자극한다.

"얼음이 녹으면 뭐가 될까?"
한 교실에서 선생님이 아이들에게 물었다.
아이들은 너도나도 "물~이요. 물" 하고 대답했다.
그때 한 아이가 느지막이 손을 들며 이렇게 말했다.
"얼음이 녹으면…… 봄이 와요!"

과학적으로 계절과 날씨를 구분짓고 통보문 해석하는 건 기상캐스터의 '기본 소양'이지만 날씨를 접하는 마음, 그 마음으로 전하는 날씨는 '나만의 색깔'이 '각자의 색깔'이 되는 경이로운 순간이기도 하다. 얼음이 녹으면 봄이 온다는 순수한 아이의 그 시선으로 이제 '마음의 날씨'를 전하고자 한다. 방송으로 미처 전하지 못했던 우리들의 소중한 사연─날씨의 행간을 여기 모아 본 시들로 대신 전한다.

박은지

목차

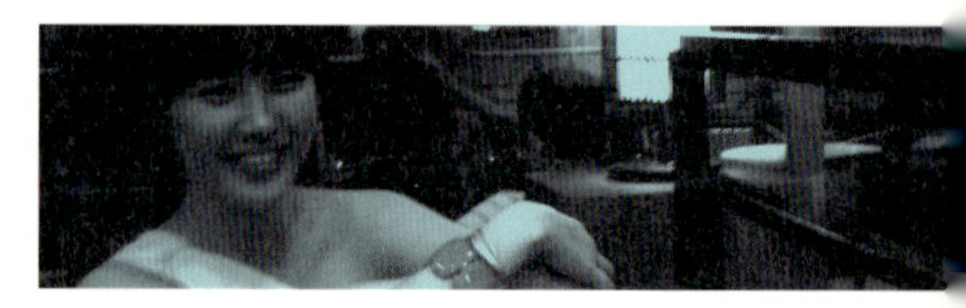

2 장 | 청춘의 정원을
　　　　손질하고 가는 바람

1 장 | 한때의 청춘 같은 뜨거운 여름

시도때도없이 **비가 쏟아지는** 여름 날씨에는 우산을 챙겨야 마음이 놓인다. 낮 동안 뜨겁게 달궈진 수증기가 강한 소나기 구름을 만드는데다가, 걸핏하면 장마전선이 남북진동을 하기 때문이다. 이처럼 여름은 비를 빼놓고 이야기할 수 없지만, 아마 대부분 사람에게 거추장스러운 현상쯤으로 인식될 것이다. 하지만 살갗이 타버릴 정도의 폭염 속에 찾아온 소나기를 불청객이라며 싫어하는 사람이 있을까? 그때 소나기는 단비가 되어 군소리 없이 지표면의 열기를 시원하게 식혀준다.

우리의 사랑도 그렇다. 땡볕같이 뜨거운 사랑을 했다가도 소나기처럼 쿨하게 보내줄 수 있는 것―미지근한 사랑으로 상대방을 헷갈리게 하지 않고, 찔끔 비에 옷이 젖더라도 툭툭 털고는 다시 길을 걷는 자―온도계가 터질 정도로 뜨겁게 사랑해본 자만이 차갑게 헤어질 수 있는 것이다. 차가운 소나기가 내리며 여름 열기가 식어가고 있다. 열기가 다 식어갈 때쯤이면 언제나 그랬듯 가을이 홀연히 다가와 우리를 기다린다.

장마전선은 내일 제주와 남부지방까지 비를 뿌리겠습니다. 서울과 중부지방에서는 후텁지근한 날씨를 보이겠습니다. 장마전선은 내일 하루 동안 남해안에 머물다가 모레 다시 물러날 것으로 보입니다.

지금 남해안을 중심으로 굵은 빗줄기가 이어지고 있습니다. 장마전선이 내일 물러나면서 비는 아침부터 그치겠습니다. 오후에는 강원도와 경북지방으로 한때 소나기가 지나는 곳이 있겠습니다.

최 승 자

해남 대흥사에서 — 은지의 엄마 아빠에게, 이 시를 은지의 태몽꿈으로 읽기 바라며

깊은 밤 강물은 바다로 흘러들고
우리의 손은 사랑하는 사람의 손을 찾는다.
우리 몸 속에서 오래 잠자던 물살이
문득 깨어나 흐르고

비가 오리라
바다 건너서
그대의 땅을 적시며.

산사의 계곡
하늘의 빈 술잔엔
서푸른 취기의 바람이 일렁이고
지금 어느 산맥 뒤에서
두 연인의 손이 만난다.

칠월 이일

남서쪽에서 따뜻하고 습기 찬 공기가 밀려오고 있고 북쪽에서 차가운 공기가 밀려오고 있기 때문에 내일까지는 대기가 계속 불안정해지면서 소나기구름이 발달할 것으로 보입니다.

외 출 하 실 때 우 산 을 꼭 챙 기 시 는 것 이 좋 겠 습 니 다 .

오늘 밤 소나기 오는 곳이 많겠고 우박이 떨어지거나 벼락이 치는 곳도 있겠습니다. 이번 주말에는 갈수록 더위가 심해질 것으로 보입니다.

박 용 래

雨中行

비가 오고 있다
안개 속에서
가고 있다
비, 안개, 하루살이가
뒤범벅되어
이내가 되어
덫이 되어

(며칠째)
내 목양말은
젖고 있다.

전화 구의

오늘 중부지방에 최고 250mm의 폭우를 뿌렸던 장마전선이 지금은 빠르게 남하하고 있습니다.

장마전선이 다시 북상하고 있습니다. 내일은 서울과 중부지방을 중심으로 많은 비가 쏟아질 것으로 보이니까 각별히 유의하셔야겠습니다.

오늘 중부지방에 최고 250mm의 폭우를 뿌렸던 장마전선이 지금은 빠르게 남하하고 있습니다. 하지만 아직도 강원도와 남부지방 곳곳에는 비가 이어지고 있는데요 장마전선이 올라나면서 다시 전국이 덮겠습니다.

신 대 철

無人島

수평선이 축 늘어지게 몰려 앉은 바닷새가 떼를 풀어 흐린 하늘로 날아오른다. 발 헛디딘 새는 발을 잃고, 다시 허공에 떠도는 바닷새, 영원히 앉을 자리를 만들어 허공에 수평선을 이루는 바닷새.

인간을 만나고 온 바다,
물거품 버릴 데를 찾아 無人島로 가고 있다.

인간을 만나고 온 바다,
물거품 버릴 데를 찾아 無人島로 가고 있다.

어제 오늘만큼의 호우는 아니지만 이미 지반이 약해진 상태로 적은 양의 비로도 피해가 날 수 있습니다. 대비를 잘 하셔야겠습니다. 금요일과 토요일에 걸쳐 전국에 장맛비가 올 것으로 기상청은 전망하고 있습니다.

내일부터 전국에 다시 장맛비가 쏟아집니다. 오늘 밤엔 남해안에서 비가 오다가 차츰 전국으로 확대되겠고, 내일 낮엔 중부지방에도 비가 오기 시작하겠습니다.

이번 주말에도 장맛비가 오락가락할 것으로 보이는데요, 내일 오전에 그치겠지만 늦은 오후쯤 다시 비가 오겠습니다.

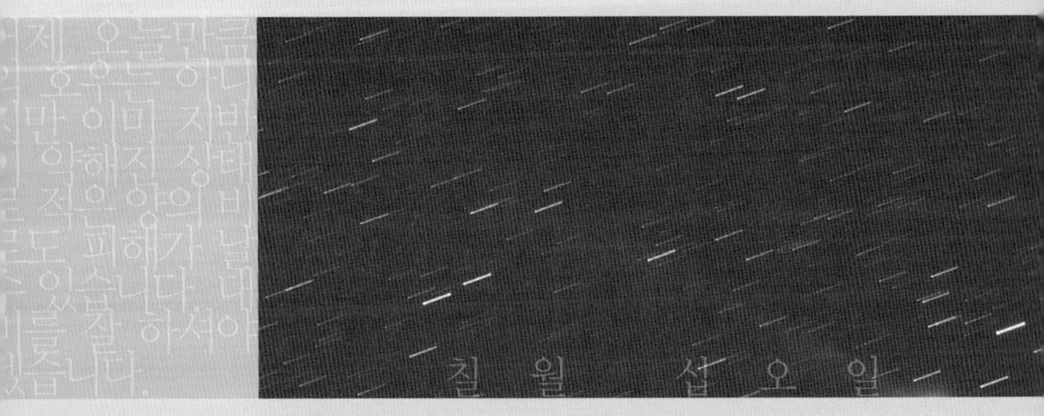

오 규 원

비가 와도 이제는 續·巡禮·3

비가 온다. 어제도 왔다.
비가 와도 이제는 슬프지 않다.
슬픈 것은 슬픔도 주지 못하고
제 혼자 내리는 비뿐이다.

슬프지도 않은 비 속으로
사람들이 지나간다.
비 속에서
우산으로 비가 오지 않는 세계를
받쳐 들고
오, 그들은 어디까지 갈 수 있을까.

비가 온다.
슬프지도 않은 비.
제 혼자 슬픈 비.

우산이 없는 사람들은
비에 젖고
우산이 없는 사람들은 오늘도
假面도 없이
맨 얼굴로

비 오는 세계에 참가한다.

어느 것이 假面인가.
슬프지도 않은 비.
제 혼자 슬픈 비.

그동안 하루 걸러 내리는 장맛비 때문에 내내 우산을 들고 다녀야 했는데요. 내일은 양산이 필요한 하루가 되겠습니다. 동해안을 제외한 대부분 지방에서는 30도를 웃도는 무더위를 보이겠습니다.

대서인 내일도 오늘처럼 무덥겠네요. 서울 낮기온 30도, 전주 31도로 대부분 30도를 웃돌겠습니다. 오후 한때 내륙지방에서 소나기가 오는 곳이 있겠고 동해안지방도 약한 이슬비가 내리겠습니다.

칠월 이십일일

대부분 지방에서는 30도를 웃도는 무더위를 보이겠습니다.

유 승 도

여름꽃

그리움이 쌓여 피어나는 것이 봄꽃이라면, 여름꽃은 아이들을 바라보는 장년의 여인으로 다가온다

맨가지의 애처로움 끝에 피어 숲의 푸르름을 불러내는 것이 봄꽃이라면, 여름꽃은 나뭇잎 사이에서 드러나지 않게 웃는다

울긋불긋 커다란 소리로 거친 산야를 수놓는 것이 봄꽃이라면, 여름꽃은 작은 몸짓으로 소리 없이 피고 또 진다

맨가지의 애처로움 끝에 피어 숲의 푸르름을 불러내는 것이 봄꽃이라면,
여름꽃은 나뭇잎 사이에서 드러나지 않게 웃는다

벌써 초가을인가요? 요즘 날씨가 한낮에 태양만 뜨겁지 아침, 저녁으로는 선선합니다. 또 일교차가 10도 안팎까지 벌어지면서 새벽에는 춥기까지 하겠습니다.

한낮에 햇살이 무척 따갑겠고요 내일 외출하실 때는 소나기에 대한 대비도 하셔야겠습니다. 오후에 대기가 불안정해지면서 한때 5에서 30mm 가량의 비가 내리겠습니다.

이번 주말도 서쪽은 무덥고 동쪽은 선선한 날씨가 이어지겠습니다 대기가 불안정해지면서 내일부터 모레 사이 한때 소나기가 지나는 곳이 많겠습니다.

이 육 사

청포도

내 고장 칠월은
청포도가 익어 가는 시절

이 마을 전설이 주저리주저리 열리고,
먼 데 하늘이 꿈꾸며 알알이 들어와 박혀

하늘 밑 푸른 바다가 가슴을 열고
흰 돛 단 배가 곱게 밀려서 오면

내가 바라는 손님은 고달픈 몸으로
청포青袍를 입고 찾아온다고 했으니

내 그를 맞아, 이 포도를 따 먹으면
두 손을 함뿍 적셔도 좋으련

아이야 우리 식탁엔 은쟁반에
하이얀 모시 수건을 마련해 두렴.

8호 태풍 모라꼿은

동중국해를 지나서

토요일 오후쯤에는

중국으로 상륙하겠습니다.

8호 태풍 모라꼿은 동중국해를 지나서
토요일 오후쯤에는 중국으로 상륙하겠습니다.
이 태풍이 바다를 지나는 동안에
우리나라 주변의 간접 영향으로
수렴대가 형성돼 비구름이 발달할 것으로 보입니다.
내일은 전국이 흐려지겠습니다.

8호 태풍 모라꼿의 영향이 당초 우려했던 것만큼
크지는 않을 것으로 보입니다.
하지만 오늘 밤부터 주말 사이
전국에는 때때로 비가 오겠습니다.
내일부터는 태풍의 수증기가 서해로 유입되면서
비구름이 조금 더 발달할 것으로 보입니다.

김 수 영

사랑

어둠 속에서도 불빛 속에서도 변치 않는
사랑을 배웠다 너로 해서

그러나 너의 얼굴은
어둠 속에서 불빛으로 넘어가는
그 찰나에 꺼졌다 살아났다
너의 얼굴은 그만큼 불안하다

번개처럼
번개처럼
금이 간 너의 얼굴은

번개처럼

번개처럼

금이 간 너의 얼굴은

말복인 내일부터는 다시 불볕더위가
기승을 부리겠습니다.

이틀째 쏟아지던 비는 지금 대부분 그쳐가고 있습니다. 앞으로 강원 남동부와 경북 해안지방으로 5에서 30mm 가량의 비가 더 온 뒤 새벽부터는 그치겠습니다. 말복인 내일부터는 다시 불볕더위가 기승을 부리겠습니다.

오늘 본격적인 무더위가 시작되면서 폭염주의보가 다시 내려졌습니다. 다만 제주도에서는 낮부터 10에서 40mm 가량의 비가 오겠고 늦은 밤에는 전남 남해안지방도 차츰 빗방울이 떨어질 것으로 보입니다.

이틀째 불볕더위가 계속되면서 오늘 서울과 내륙 대부분 지방으로 폭염주의보가 확대됐습니다. 광복절인 내일도 서울과 춘천 34도, 광주 33도까지 치솟겠습니다. 또 내일 아침에는 짙은 안개 끼는 곳이 있겠으니 운전하실 때 주의를 하셔야겠습니다.

김 광 규

수박

작년 여름에도 그랬었다
매연 자욱한 버스 정류장에서
테레사를 닮은 아주머니는 신문을 팔고
아이들은 고가도로 밑에서
런닝셔츠 바람으로 자전거를 탄다
생선 냄새 비릿한 서울시장 입구
딸기아저씨 리어카에는
얼룩말이 낳은 알처럼
둥그런 수박들이 가득하다
골목길 막다른 집 홍제옥
과부댁은 자식들과 모여앉아
커다란 수박을 단숨에 먹어치우고
다시 헛헛한 땀을 흘리며
개장국을 끓이기 시작한다
작년 이 무렵에도 그랬었다
새로운 여름은 오지 않고
밤에도 깊어지지 않고
변함없는 여름만 가 버린다
네모난 수박이 나올 때까지
돌아갈 집도 없이
여름은 언제나 이럴 것인가

밤 무더위가 심해지고 있습니다. 서울 지방에서는 어제에
이어 오늘도 열대야가 나타날 것으로 보입니다. 내일도
낮에는 무더위를 보이겠습니다. 다만 오후 한때 수도권
지방에서는 더위를 식혀 줄 소나기가 지날 가능성이 있
습니다. 내일 첫 우주발사체 나로호를 쏘아 올리는데 날
씨는 별 문제가 없을 것으로 보입니다.

서울과 수도권지방, 서해안과 호남 서부지방, 남해안과
동해안까지 후텁지근한 날씨가 이어지겠습니다. 내일은
전국에 차츰 비가 오겠습니다.

함 민 복

눈물은 왜 짠가

　지난 여름이었습니다 가세가 기울어 갈 곳이 없어진 어머니를 고향 이모님 댁에 모셔다 드릴 때의 일입니다 어머니는 차 시간도 있고 하니까 요기를 하고 가자시며 고깃국을 먹으러 가자고 하셨습니다 어머니는 한평생 중이염을 앓아 고기만 드시면 귀에서 고름이 나오곤 했습니다 그런 어머니가 나를 위해 고깃국을 먹으러 가자고 하시는 마음을 읽자 어머니 이마의 주름살이 더 깊게 보였습니다 설렁탕집에 들어가 물수건으로 이마에 흐르는 땀을 닦았습니다

　"더울 때일수록 고기를 먹어야 더위를 안 먹는다 고기를 먹어야 하는데…… 고깃국물이라도 되게 먹어둬라"

　설렁탕에 다대기를 풀어 한 댓 숟가락 국물을 떠먹었을 때였습니다 어머니가 주인 아저씨를 불렀습니다 주인 아저씨는 뭐 잘못된 게 있나 싶었던지 고개를 앞으로 빼고 의아해하며 다가왔습니다 어머니는 설렁탕에 소금을 너무 많이 풀어 짜서 그런다며 국물을 더 달라고 했습니다 주인 아저씨는 흔쾌히 국물을 더 갖다 주었습니다 어머니는 주인 아저씨가 안 보고 있다 싶어지자 내 투가리에 국물을 부어주셨습니다 나는 당황하여 주인 아저씨를 흘금거리며 국물을 더 받았습니다 주인 아저씨는 넌지시 우리 모자의 행동을 보고 애써 시선을 외면해주는 게 역력했습니다 나는 그만 국물을 따르시라고 내 투가리로 어머니의 투가리를 툭, 부딪쳤습니다 순간 투가리가 부딪치며 내는 소리가

왜 그렇게 서럽게 들리던지 나는 울컥 치받치는 감정을 억제하려고 설렁탕에 만 밥과 깍두기를 마구 씹어댔습니다 그러자 주인 아저씨는 우리 모자가 미안한 마음 안 느끼게 조심, 다가와 성냥갑만한 깍두기 한 접시를 놓고 돌아서는 거였습니다 일순, 나는 참고 있던 눈물을 찔끔 흘리고 말았습니다 나는 얼른 이마에 흐른 땀을 훔쳐내려 눈물을 땀인 양 만들어놓고 나서, 아주 천천히 물수건으로 눈동자에서 난 땀을 씻어냈습니다 그러면서 속으로 중얼거렸습니다

  눈물은 왜 짠가

2 장 | 청춘의 정원을
손질하고 가는 바람

여름에서
가을로 넘어가는
길목의 더위는 끈질기게 버티며 쉽게 물러서지 않는다. 고즈
넉한 가을 풍경에 취하고 싶은 마음도 눈치채지 못하고, 낮에는 늦더위
로 진을 다 빼놓다가 밤에는 더위를 빠르게 뱉어내 일중 기온차가 20도
이상 벌어지니 말이다. 이처럼 가을 날씨의 변덕은 여름과는 사뭇 달라
서 더위와 추위를 한주머니에 담고 다닌다. 대지는 서서히 말라가면서
건조해지고 일교차가 벌어지면서 한낮과 아침저녁의 옷차림도 달라진
다. 남아 있는 더위 '잔서'가 사나흘 기승을 부리다가도 아열대고기압이
조금씩 수축하면서 하늘이 높고 깊어진다. 파란 하늘에 부모님의 얼굴
을 그리다 보면 머지않아 추석이 찾아온다.

가을 문턱에 다가서면서 밤공기가 차츰 차가워지고 있습니다. 예년과 비교하면 대체로 비슷하거나 약간 낮은 수준입니다. 내일 낮에 전남 남해안지방은 한때 소나기 가능성도 있습니다. 내  일 나로호를 쏘아올리는 데 날씨는 별 문제가 되지 않을 것으로 보입니다. 내일부터 전국에 차츰 비가 올 것으로 보입니다. 서울과 중부지방이 늦은 오후부터 밤쯤이 되겠고 남부 지방에서는 오후까지 더운 날씨를 보이다가 모레 새벽부터 오전쯤부터 비가 내리겠습니다.

황 지 우

너를 기다리는 동안

네가 오기로 한 그 자리에
내가 미리 가 너를 기다리는 동안
다가오는 모든 발자국은
내 가슴에 쿵쿵거린다
바스락거리는 나뭇잎 하나도 다 내게 온다
기다려본 적이 있는 사람은 안다
세상에서 기다리는 일처럼 가슴 애리는 일 있을까
네가 오기로 한 그 자리, 내가 미리 와 있는 이곳에서
문을 열고 들어오는 모든 사람이
너였다가
너였다가, 너일 것이었다가
다시 문이 닫힌다
사랑하는 이여
오지 않는 너를 기다리며
마침내 나는 너에게 간다
아주 먼 데서 나는 너에게 가고
아주 오랜 세월을 다하여 너는 지금 오고 있다
아주 먼 데서 지금도 천천히 오고 있는 너를
너를 기다리는 동안 나도 가고 있다

남들이 열고 들어오는 문을 통해
내 가슴에 쿵쿵거리는 모든 발자국 따라
너를 기다리는 동안 나는 너에게 가고 있다

너를 기다리는 동안 나는 너에게 가고 있다

내 가슴이 쿵쿵거리는 모든 발자국 따라

비를 내렸던 구름이 이제 물러가고 있습니다. 내일은 다시 맑은 하늘을 되찾겠습니다. 한낮에는 서울 29도, 대구 32도로 30도 안팎의 강한 햇살이 내리쬐지만 저녁에는 선선한 바람이 불면서 일교차가 커지겠습니다.

오늘 남부 일부 지방에서는 기온이 35도 가까이 올라가면서 늦더위가 기승을 부렸습니다. 하지만 내일부터는 부쩍 선선해지겠는데요, 이번 주에는 이렇게 기온 변화가 크니까 감기 걸리지 않도록 각별히 유의를 하셔야겠네요.

김 종 삼

墨畵

물먹는 소 목덜미에
할머니 손이 얹혀졌다.
이 하루도
함께 지냈다고,
서로 발잔등이 부었다고,
서로 적막하다고.

내일도 늦더위 햇살이 이어지면서 벼이삭을 더욱 통통하게 살찌울 것으로 보입니다.

확 트인 가을하늘이 마음까지 맑게 해준 하루였습니다. 습도가 낮아진데다가 깨끗한 북동기류가 높은 상층까지 들어왔기 때문입니다. 내일도 전국에서 맑은 날씨가 이어지겠고 한낮에는 다소 덥겠습니다.

하루 가을땡볕에 쌀이 10만 톤 이상 불어난다고 합니다. 9월 말까지 계속되는 등수기간 날씨가 고온 청명해야 수확량이 많아지게 되는데요. 내일도 늦더위 햇살이 이어지면서 벼이삭을 더욱 통통하게 살찌울 것으로 보입니다.

김 경 미

비망록

햇빛에 지친 해바라기가 가는 목을 담장에 기대고 잠시 쉴
즈음, 깨어 보니 스물네 살이었다. 神은, 꼭꼭 머리카락까지
조아리며 숨어 있어도 끝내 찾아주려 노력하지 않는 거만한
술래여서 늘 재미가 덜했고 타인은 고스란히 이유 없는 눈물
같은 것이었으므로.

스물네 해째 가을은 더듬거리는 말소리로 찾아왔다. 꿈 밖
에서는 날마다 누가 서성이는 것 같아 달려나가 문 열어보면
아무 일 아닌 듯 코스모스가 어깨에 묻은 이슬발을 툭툭 털
어내며 인사했다. 코스모스 그 가는 허리를 안고 들어와 아
이를 낳고 싶었다. 석류 속처럼 붉은 잇몸을 가진 아이. 끝내
아무 일도 없었던 스물네 살엔 좀더 행복해져도 괜찮았으련
만. 굵은 입술을 가진 산두목 같은 사내와 좀더 오래 거짓을
겨루었어도 즐거웠으련만. 이리 많이 남은 행복과 거짓에 이
젠 눈발 같은 이를 가진 아이나 웃어줄는지. 아무 일 아닌 듯.
해도,

절벽엔들 꽃을 못 피우랴. 강물 위인들 걷지 못하랴. 문득
깨어나 스물다섯이면 쓰다 만 편지인들 다시 못 쓰랴. 오래 소
식 전하지 못해 죄송했습니다. 실낱처럼 가볍게 살고 싶어서
였습니다. 아무것에도 무게 지우지 않도록.

끝내 아무 일도 없었던 스물네 살엔 좀더 행복해져도 괜찮았으련만.

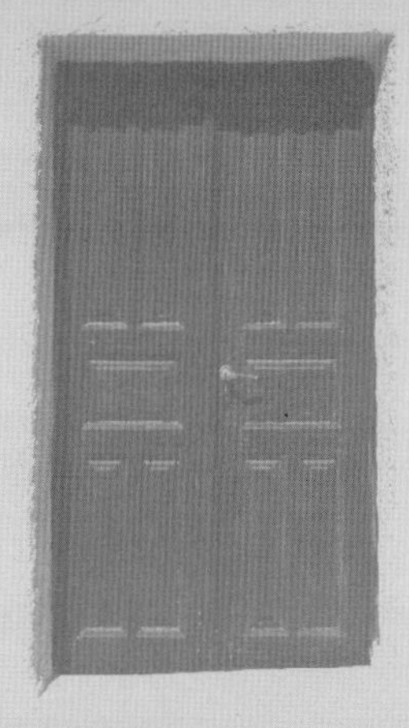

들쭉날쭉한 기온변화에 감기 걸리지 않도록 체온관리에 유의를 하셔야겠습니다.

내일 아침은 보다 선선한 출근길이 될 것으로 보입니다. 하지만 한낮에는 보시는 것처럼 기온이 30도 가까이 치솟아 일교차가 10도 이상 크게 벌어지겠는데요, 들쭉날쭉한 기온변화에 감기 걸리지 않도록 체온관리에 유의를 하셔야겠습니다. 내일은 북쪽 고기압으로부터 다소 찬 공기가 밀려와 아침기온을 조금 떨어뜨리겠습니다.

요즘 하루가 다르게 선선함이 더해가고 있습니다. 내일 아침은 오늘보다 기온이 1도에서 6도 가량 더 낮아지겠습니다. 특히 내륙 산간지방에서는 기온이 10도 안팎까지 떨어지면서 약간 쌀쌀하겠습니다.

이 형 기

湖水

어길 수 없는 약속처럼
나는 너를 기다리고 있다.

나무와 같이 무성하던 청춘이
어느덧 잎 지는 이 호숫가에서
호수처럼 눈을 뜨고 밤을 새운다.

이제 사랑은 나를 울리지 않는다.
조용히 우러르는
눈이 있을 뿐이다.

불고 가는 바람에도
불고 가는 바람같이 떨던 것이
이렇게 고요해질 수 있는 신비는
어디서 오는가.

참으로 기다림이란
이 차고 슬픈 호수 같은 것을
또 하나 마음속에 지니는 일이다.

오 늘 밤 부 터 주 말 인 내 일 오 전 사 이 전 국
에 가 을 비 가 촉 촉 이 내 릴 것 으 로 보 입 니 다 .

오늘 밤부터 주말인 내일 오전 사이 전국에 가을비가 촉촉이 내릴 것으로 보입니다. 이번 비는 내일 오전에 대부분 그치겠고 낮부터는 바람이 강하게 불면서 쌀쌀해지겠습니다.

밤 사이 주로 충청과 남부지방에 비가 내리겠고 서울, 경기와 강원도 지방도 한때 빗방울이 떨어질 수 있겠습니다. 비는 아침에 차츰 갤 것으로 보입니다. 내일은 전국에서 맑고 청명한 가을하늘을 되찾겠는데요.

이 윤 학

오동나무

그의 빈속으로 들기 위하여
나는 그 나무를 자를 수는 없었다
깊은 생각으로 불면의 나뭇잎을
흔들었는데, 쥐어뜯었는데 달빛이 한 바가지
쏟아져 몽글몽글 피어오르고 있었다
피어오르고 있었다, 먹고 싶은 생각이
멀리멀리 떠나고

고요하여라, 바닥에 떨어진 부채
입을 모으며 부서지는 추억,
벌레는
벌레는, 저렇게 높은 곳에서 무얼 하나?

내일도 아침에 내륙 산간지방을 중심
으로 안개 끼는 곳이 많겠습니다. 영
동지방에서는 밤 늦게 약간 빗방울이
떨어지는 곳이 있겠습니다.

내일도 아침에 내륙 산간지방을 중심으로
안개 끼는 곳이 많겠습니다.

김 현 승

가을의 기도

가을에는
기도하게 하소서……
낙엽들이 지는 때를 기다려 내게 주신
겸허한 모국어로 나를 채우소서.

가을에는
사랑하게 하소서……

오직 한 사람을 택하게 하소서.
가장 아름다운 열매를 위하여 이 비옥한
시간을 가꾸게 하소서.

가을에는
호올로 있게 하소서……
나의 영혼,
굽이치는 바다와
백합의 골짜기를 지나,
마른 나뭇가지 위에 다다른 까마귀같이.

오늘은 추분. 예년 같으면 가을색이 짙어져야 할 시기지만 계절은 아직도 여름 언저리를 벗어나지 못하고 있습니다. 내일도 광주 29도, 서울 26도로 대부분 지방에서 여름처럼 기온이 오르겠습니다. 아침에는 내륙지방을 중심으로 안개가 끼겠고 대기가 정체되면서 낮에도 뿌연 연무현상이 있겠습니다.

오늘 남부지방에서는 한여름같이 더웠습니다. 내일도 한낮에는 가을보다는 여름에 가까운 날씨를 보이겠습니다. 내일은 아침에 내륙지방을 중심으로 안개가 끼는 곳이 있겠습니다. 오후에 차츰 맑아지겠고 늦은 오후에 전남 남해안지방은 비가 오는 곳이 있겠습니다.

장 석 남

배를 밀며

배를 민다
배를 밀어보는 것은 아주 드문 경험
희번덕이는 잔잔한 가을 바닷물 위에
배를 밀어 넣고는
온몸이 아주 추락하지 않을 순간의 한 허공에서
밀던 힘을 한껏 더해 밀어주고는
아슬아슬히 배에서 떨어진 손, 순간 환해진 손을
허공으로부터 거둔다

사랑은 참 부드럽게도 떠나지
뵈지도 않는 길을 부드럽게도

배를 한껏 세게 밀어내듯이 슬픔도
그렇게 밀어내는 것이지

배가 나가고 남은 빈 물 위의 흉터
잠시 머물다 가라앉고

그런데 오, 내 안으로 들어오는 배여
아무 소리 없이 밀려들어오는 배여

사랑은 참 부드럽게도 떠나지
뵈지도 않는 길을 부드럽게도

고향 가시는 길, 지금 남해안 도로 곳곳에 비가 오고 있습니다.

고향 가시는 길. 지금 남해안 도로 곳곳에 비가 오고 있습니다. 비는 내일 오전에 모두 그치겠습니다. 연휴 첫날인 내일은 전국이 차츰 맑겠습니다. 오후부터는 찬바람이 불면서 다소 쌀쌀해지겠고 특히 남해와 동해에 파도가 높게 일겠습니다.

추석이자 개천절인 내일은 전국 대부분 지방이 올 가을 들어 가장 쌀쌀한 날씨를 보이겠는데요. 이렇게 차가운 날씨는 다음 주까지 계속될 전망입니다.

고 재 종

설움에 대하여 — 어머니 1

적으나 많으나
한솥밥 먹던 자식들
혹은 제 잘난 생각 따라
혹은 제 양 적어 싸우는 나날이 싫어
사방으로 뿔뿔이 흩어지고
그 한솥밥 삶던 검은 가마솥
시방은 새암가에 나앉아
말간 뜨물이나 받고 빗물이나 받고
밤이면 그 위에 별빛이나 띄우는
그 녹슨 가마솥을 보고
먼 산으로 고개 드는 늙은 여인을 보았다

지붕 위에 박꽃이 하얗게 벙근
추석이 가까워지는 지난 밤.

구 월

오늘 서울 북한산에도 첫 단풍이 물들었습니다. 지금 단풍 전선이 어디까지 내려왔나 살펴볼까요? 지난달 29일 설악산을 시작으로 10월 1일에는 오대산, 10월 6일에는 치악산 손으로 빠르게 내려오고 있는 모습입니다. 이번 주말에는 덕유산과 지리산의 높은 지대에서도 막 물들기 시작한 단풍을 감상하실 수 있겠네요.

오 늘 서 울 북 한 에 도 첫 단 풍 이 물 들 었 습 니 다 .

장 석 주

대추 한 알

저게 저절로 붉어질 리는 없다.

저 안에 태풍 몇 개

저 안에 천둥 몇 개

저 안에 벼락 몇 개

저게 저 혼자 둥글어질 리는 없다.

저 안에 무서리 내리는 몇 밤

저 안에 땡볕 두어 달

저 안에 초승달 몇 낱

월 십이일

가을이 깊어지면서 어둠이 일찍 찾아오고 있습니다. 오늘 서울에서는 정확히 6시 정각에 해가 떨어졌는데요. 내일부터는 해넘이가 퇴근 전인 5시대까지 앞당겨질 것으로 보입니다.

가을이 깊어지면서 어둠이 일찍 찾아오고 있습니다. 오늘 서울에서는 정확히 6시 정각에 해가 떨어졌는데요. 내일부터는 해넘이가 퇴근 전인 5시대까지 앞당겨질 것으로 보입니다. 내일 퇴근길에는 서울과 중서부지방에서 비를 만날 수 있겠습니다. 남부지방은 밤이나 새벽쯤에 지나갈 것으로 보입니다. 지금 남해안을 중심으로 구름이 많이 끼어 있습니다. 오늘 밤과 내일도 우리나라는 고기압의 가장자리에 놓이겠습니다. 후반부터는 북서쪽에서 기압골이 다가오겠습니다.

박 재 삼

울음이 타는 가을江

마음도 한자리 못 앉아 있는 마음일 때,
친구의 서러운 사랑 이야기를
가을햇볕으로나 동무삼아 따라가면,
어느새 등성이에 이르러 눈물나고나.

제삿날 큰집에 모이는 불빛도 불빛이지만,
해질녘 울음이 타는 가을江을 보것네.

저것 봐, 저것 봐,
네보다도 내보담도
그 기쁜 첫사랑 산골물소리가 사라지고
그 다음 사랑끝에 생긴 울음까지 녹아나고
이제는 미칠 일 하나로 바다에 다 와가는
소리 죽은 가을江을 처음 보것네.

난롯가를 서성이는 눈물
첫눈

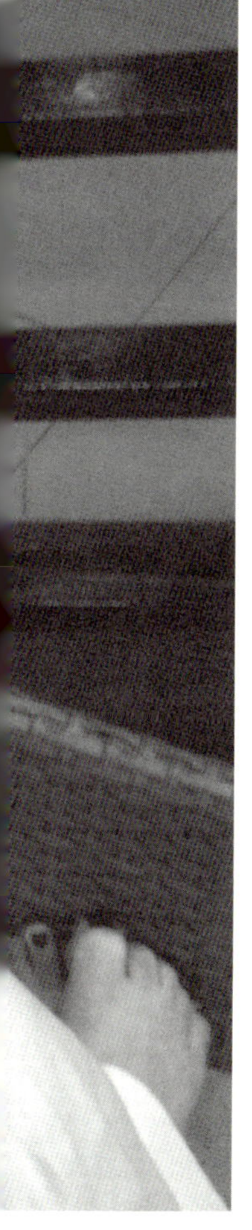

예전에는 **옷차림으로** 대충 계절을 감 잡곤 했는데 요즘은 계절의 경계가 모호해지면서 가을과 겨울 사이 등 계절의 경계선 상에 위치한 날씨에 대한 매력지수가 높아지고 있다. 사춘기 청소년이 성장통을 겪어 어른이 되는 과정처럼……. 가을비가 한번 내리고 나면 공기는 쌀쌀해지고, 서리가 내리거나 눈이 날리며 겨울이 오는 길이 수월하도록 미리 길을 얼러놓는다. 첫눈이 내린 후부터 가을비는 겨울비로 바뀐다. 어느새 추위가 우리를 에워싸면 오랫동안 장롱 속에 묵혀났던 코트를 꺼내며 한겨울을 맞을 준비를 한다.

하루에 이 날씨 저 날씨가 한꺼번에
나타나는 것을 백화점식 날씨라고 하
죠. 내일이 바로 그렇습니다. 아침에
는 짙은 안개 끼는 곳이 많겠고 찬 서
리가 내리는 곳도 있겠습니다. 낮 동
안에는 맑은 날씨를 보이다가 밤에는
서울, 경기지방부터 벼락과 돌풍을 동
반한 비가 쏟아지겠습니다. 이 비는
주말인 오전에 대부분 그치겠지만 낮
부터는 찬바람이 불면서 전국이 더욱
쌀쌀해지겠습니다.

시월 십오일

오늘 밤부터 내일 아침 사이 벼락과
돌풍을 동반한 비가 쏟아지겠습니다.
이 비는 내일 오전에 그치겠지만 낮
부터는 찬바람이 강하게 불면서 쌀쌀
해지겠습니다.

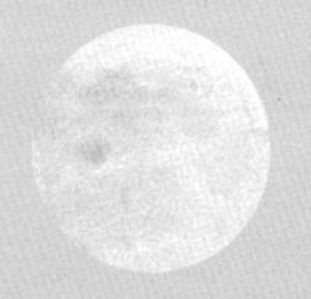

조 병 화

낙엽끼리 모여 산다

낙엽에 누워 산다.

낙엽끼리 모여 산다.

지나간 날을 생각지 않기로 했다.

낙엽이 지는 하늘가에

가는 목소리 들리는 곳으로 나의 귀는 기웃거리고

얇은 피부는 햇볕이 쏟아지는 곳에 초조하다.

항시 보이지 않는 곳이 있기에 나는 살고 싶다.

살아서 가까이 가는 곳에 낙엽이 진다.

아, 나의 육체는 낙엽 속에 이미 버려지고

육체 가까이 또 하나 나는 슬픔을 마시고 산다.

비 내리는 밤이면 낙엽을 밟고 간다.

비 내리는 밤이면 슬픔을 디디고 돌아온다.

밤은 나의 소리에 차고

나는 나의 소리를 비비고 날을 샌다.

낙엽끼리 모여 산다.

낙엽에 누워 산다.

보이지 않는 곳이 있기에 슬픔을 마시고 산다.

내일은 가을비가 촉촉이 내릴 것으로 보입니다. 내일 이후에도 당분간은 구름이 많이 끼는 날씨를 보이겠습니다. 주말에는 또 한 차례 비가 오겠는데요, 특히 비가 그치는 일요일부터는 찬바람이 강하게 불면서 첫 겨울 추위가 찾아올 것으로 전망되고 있습니다.

지금도 남해안 일대에 비가 오고 있습니다. 이 비는 새벽에는 모두 그칠 것으로 보입니다. 내일은 중부 내륙지방을 중심으로 짙은 안개 끼는 곳이 있겠고요, 대부분 지방이 맑겠지만 늦은 오후에 영동지방은 비가 조금 오겠습니다.

도 종 환

쑥국새

빗속에서 쑥국새가 운다
한개의 별이 되어
창 밖을 서성이던
당신의 모습도
오늘은 보이지 않는다
이렇게 비가 내리는 밤이면
당신의 영혼은
또 어디서 비를 맞고 있는가.

대입수능일인 내일

큰 추위는 없겠지만

찬바람이 불면서

약간 쌀쌀하겠습니다.

지금 해안지방을 중심으로 순간 최대풍속 시속 70km 안팎의 매우 강한 바람이 불고 있습니다. 방파제나 해안도로에서는 갑자기 파도가 덮치면서 안전사고가 날 수 있으니까 대비를 하셔야겠습니다. 이러한 바람은 수능날인 모레 아침 이후에 차츰 잦아들 것으로 보입니다.

대입수능일인 내일 큰 추위는 없겠지만 찬바람이 불면서 약간 쌀쌀하겠습니다. 동해안지방에서는 강풍이 불겠고 산간지방에서는 많은 눈이 쏟아지겠습니다. 강풍주의보가 발효 중인 동해안지방에서는 거센 파도가 방파제나 해안도로를 덮칠 수 있으니까 각별히 주의를 하셔야겠습니다.

이 성 복

밤이 오면 길이

밤이 오면 길이
그대를 데려가리라
그대여 머뭇거리지 마라
물결 위에 뜨는 죽은 아이처럼
우리는 어머니 눈길 위에 떠 있고,
이제 막 날개 펴는 괴로움 하나도
오래 전에 예정된 것이었다
그대여 지나가는 낯선 새들이 오면
그대 가슴 속 더운 곳에 눕혀라
그대 괴로움이 그대 뜻이 아니듯이
그들은 너무 먼 곳에서 왔다
바람 부는 날 유도화의 잦은 떨림처럼
순한 날들이 오기까지,
그대여 밤이 오는 쪽으로
다가오는 길을 보아라
어둡지도 밝지도 않은 길이
그대를 데려가리라

이제 막 날개 펴는 괴로움 하나도

오래 전에 예정된 것이었다

십 일 월 십 육 일

내일도 겨울 추위가 계속됩니다. 지금 제주 산간 지방에는 대설주의보가 내려져 있습니다.

내일도 겨울 추위가 계속됩니다. 지금 제주 산간 지방에는 대설주의보가 내려져 있습니

다. 서해안 지방은 내일 밤에 또 한 차례 눈이 올 가능성이 있습니다. 지금 중부 내륙과

경북 북부 내륙지방에 이틀째 한파주의보가 내려져 있습니다. 한파의 주범인 중국 내몽

골의 대륙고기압은 앞으로 이틀 정도 더 위세를 떨칠 것으로 보입니다.

김 광 섭

겨울날

마당에서 봄과 여름에 정든 얼굴들이
하나하나 사라져 갔다
그렇게 명성이 높던 오동잎도 다 떨어지고
저무는 가을 하늘에 인가人家의 정서를 품던
굴뚝 보얀 연기도
찬바람에 그만 무색해졌다

그런 늦가을에 김장 걱정을 하면서 집을 팔게 되어
다가오는 겨울이 더 외롭고 무서웠다
이삿짐을 따라 비탈길을 총총히 걸어
두만강 건너는 이사꾼처럼 회색 하늘 속으로
들어가 식솔들이 저녁상에 둘러앉으니
어머님 한 분만 오시잖아서 별안간 앞니가
무너진 듯 허전해서 눈둘 곳이 없었다
낯선 사람들이 축대에 검정 포장을 치고
초롱을 달고 가던 이튿날 목 없는 아침이
달겨들어 영원한 이별인데
말 한마디 못하고 갈라진 어머니시다!

가신 뒤에 보니 세월 속에 묻혀 있는 형제들 공동의 부엌까지
무너져 낙엽들이 모일 데가 없어졌다

사람이 사는 것이 남의 피부를 안고 지내는 것이니
찬바람이 항상 인간과 더불어 있어서
사람이 과일 하나만큼 익기도 어려워
겨울 바람에 휘몰리는 낙엽들이 더 많아진다

고난의 잔에 얼음을 녹이며 찾는 것은
그 슬픔이 아니요 겨울 하늘에 푸른빛을 띤 봄이다
그 봄을 바라고 겨울 안에서 뱅뱅 돌며
자리를 끌고 한치 한치 태양의 둘레를
지구와 같이 굴러가면서
눈과 얼음에 덮인 대지大地의 하루를 넘어서는 해 질 무렵
천장에서 왕거미가 나리고
구석에서 귀또리가 어정어정 기어 나온다
어느 날 목 없는 아침이 또 왈칵 달려들면
이런 친구들에게 눈짓 한번 못하고
친구들의 손 한번 바로 잡지도 못하고 가리라

고난의 잔에 얼음을 녹이며 찾는 것은
그 슬픔이 아니요 거울 하늘에 푸른빛을 띤 봄이다

메마른 북서계절풍이 불면서 전국이 차츰 메말라가고
습니다. 앞으로 불씨 조심 계속 유의를 하셔야겠습니

메마른 북서계절풍이 불면서 전국이 차츰 메말라가고 있습니다.
오늘은 건조특보 지역이 더욱 확대되는데요
영동과 경북 동해안, 대구와 경북 내륙지방에 내려져 있고
강원 태백과 충북, 전남 여수, 광양 그리고 영남 전 지역에
건조주의보가 내려져 있습니다.
앞으로 불씨 조심에 계속 유의를 하셔야겠습니다.

서 정 주

冬天

내 마음 속 우리 님의 고운 눈썹을
즈믄 밤의 꿈으로 맑게 씻어서
하늘에다 옮기어 심어놨더니
동지 섣달 날으는 매서운 새가
그걸 알고 시늉하며 비끼어 가네.

내일 아침 출근길은 짙은 안개 때문에 불편을 겪는 곳이 많겠습니다. 오늘 내린 비로 습도가 높아진데다가 밤새 대기가 안정되면서 짙은 안개가 만들어지기 좋은 조건에 놓여 있기 때문인데요. 도로뿐 아니라 항공기와 선박도 연착되거나 결항될 수 있으니까 미리 대비를 하시는 게 좋겠습니다.

오늘 남부지방 기온이 20도 가까이 치솟는 등 늦가을답지 않게 포근한 날씨였습니다. 하지만 내일 낮부터는 날씨가 다시 약간 추워질 것으로 보이는데요. 그래도 11월 하순 날씨치고는 포근한 날씨여서 두툼한 외투가 아니어도 외출에 큰 불편은 없겠습니다.

황 동 규

즐거운 편지

1

내 그대를 생각함은 항상 그대가 앉아 있는 배경에서 해가 지고 바람이 부는 일처럼 사소한 일일 것이나 언젠가 그대가 한없이 괴로움 속을 헤매일 때에 오랫동안 전해오던 그 사소함으로 그대를 불러 보리라.

2

진실로 진실로 내가 그대를 사랑하는 까닭은 내 나의 사랑을 한없이 잇닿은 그 기다림으로 바꾸어 버린 데 있었다. 밤이 들면서 골짜기엔 눈이 퍼붓기 시작했다. 내 사랑도 어디쯤에선 반드시 그칠 것을 믿는다. 다만 그때 내 기다림의 자세를 생각하는 것뿐이다. 그 동안에 눈이 그치고 꽃이 피어나고 낙엽이 떨어지고 또 눈이 퍼붓고 할 것을 믿는다.

내 사랑도 어디쯤에선 반드시 그칠 것을 믿는다. 다만 그때 내 기다림의 자세를 생각하는 것뿐이다.

비와 눈이 그치는 내일 낮부터는

찬바람이 강하게 불면서

반짝 추위가 시작되겠는데요.

체감온도는 더욱 떨어지겠습니다.

오늘 밤 강원 산간지방에서는 1에서 3cm 가량
눈이 쌓이는 곳이 있겠습니다.
내일 서울, 경기 기온을 보시면 낮에 7도,
모레는 4도까지 내려가겠고 일요일 아침은
영하 2도까지 떨어지는 등 중부지방을 중심으로
영하의 추위를 보이겠습니다.
또 찬바람도 강하게 불겠으니
체온관리를 잘 하셔야겠습니다.

대설예비특보가 내려진 강원 산간지방에는
최고 10cm의 많은 눈이 쏟아지겠고
강원 내륙지방도 2에서 5cm 가량 눈이 쌓이겠습니다.
바다에서는 풍랑이 거세게 일겠습니다.
비와 눈이 그치는 내일 낮부터는 찬바람이 강하게 불면서
반짝 추위가 시작되겠는데요, 체감온도는 더욱 떨어지겠습니다.

최 영 미

첫눈

당신은
나의 첫 입맞춤
첫 번째 긴 고백은 아니지만
너 없는 여름과 가을을 보낸 뒤
첫눈이 내릴 때
서로 사랑했던 육체는 육체를 잊어도
마음은 펄 펄, 제자리를 맴돌 거란 걸
아 — 알기 때문에

한 걸음, 또 한 걸음
너를 뭉친다
뭉갠다.

오늘 밤과 내일은 전국에서 비가 오락가락하는 궂은 날씨가 이어질 것으로 보입니다. 제주와 호남지방에 비구름이 머물고 있고 서쪽지방에도 약간의 비구름이 자리잡고 있는데요. 이 비구름은 밤 사이 우리나라를 통과하겠습니다. 내일은 조금 더 발달한 비구름이 남서쪽에서 다가올 것으로 보입니다.

비구름은 느리게 동진하고 있어서 서해안지방은 늦은 밤에, 그 밖의 지방은 새벽이나 아침에 갤 것으로 보입니다. 내일 아침은 짙은 안개 끼는 곳이 많겠으니 출근길 안전운전 하셔야겠습니다.

오늘 밤과 내일은 전국에서 비가 오락가락하는
궂은 날씨가 이어질 것으로 보입니다.

정 희 성

바닷가 벤치

마음이 만약 쓸쓸함을 구한다면
기차 타고 정동진에 가보라
젊어 한때 너도 시인이었지
출렁이는 바다와
바다를 바라보고 서 있는 소나무 한 그루
그 위를 떠가는 흰 구름
그리고 바닷가 모래 위 작은 벤치에는
너보다 먼저 온 외로움이
너를 기다리고 있다

십 이 월 십 사 일

내일은 전국이 올 겨울 들어 가장 춥겠습니다.
이번 강추위는 주말까지 이어질 전망입니다.

지금도 수은주가 계속 떨어지고 있습니다. 찬바람 때문에 거리에 느끼는 체감온도는 실제 기온보다 3, 4도 가량 낮겠습니다. 또 대기가 더욱 건조해지고 있으니까 산불이나 화재 발생 없도록 주의를 하셔야겠습니다.

내일은 전국이 올 겨울 들어 가장 춥겠습니다. 이번 강추위는 주말까지 이어질 전망입니다. 내일 전국이 대체로 맑겠지만 서해안지방은 눈이 날리다가 밤부터는 많이 내리겠습니다.

곽 재 구

사평역에서

막차는 좀처럼 오지 않았다
대합실 밖에는 밤새 송이눈이 쌓이고
흰 보라 수수꽃 눈시린 유리창마다
톱밥난로가 지펴지고 있었다
그믐처럼 몇은 졸고
몇은 감기에 쿨럭이고
그리웠던 순간들을 생각하며 나는
한줌의 톱밥을 불빛 속에 던져주었다
내면 깊숙이 할 말들은 가득해도
청색의 손바닥을 불빛 속에 적셔두고
모두들 아무 말도 하지 않았다
산다는 것이 때론 술에 취한 듯
한 두름의 굴비 한 광주리의 사과를
만지작거리며 귀향하는 기분으로
침묵해야 한다는 것을
모두들 알고 있었다
오래 앓은 기침소리와
쓴 약 같은 입술담배 연기 속에서
싸륵싸륵 눈꽃은 쌓이고
그래 지금은 모두들
눈꽃의 화음에 귀를 적신다

자정 넘으면
낯설음도 뼈아픔도 다 설원인데
단풍잎 같은 몇 잎의 차창을 달고
밤열차는 또 어디로 흘러가는지
그리웠던 순간들을 호명하며 나는
한줌의 눈물을 불빛 속에 던져 주었다

서해안지방에 다시 굵은 눈이 쏟아지고 있습니다.
내일까지 대설경보가 내려진 제주 산간지방에 최고 30cm,
대설주의보가 내려진 충남 서해안과 호남지방은
5에서 15cm의 눈이 오겠습니다.
내일은 이번 추위의 고비가 되겠습니다.
기온이 더디게 올라서 월요일에는
추위가 풀릴 것으로 전망됩니다.

지금 대설특보가 내려진 호남 해안을 중심으로
많은 눈이 쏟아지고 있습니다.
강추위는 오늘을 고비로 조금씩 누그러지겠지만
그래도 일요일까지는 춥겠습니다.
다음 주 금요일이 성탄절인데요.
화이트 크리스마스가 될 가능성이 있습니다.

이 태 수

눈은 내려서

눈은 내려서
우리 집 낮은 처마 밑에 붐비고
불안하게 흔들리는 저녁 불빛,
서성이며 목말라하는 나의
어깨 위에도 몰려오고.
앓아누운 어린것,
이마를 짚고 있는 내 손을 더욱
더욱 시리게 하고.

눈은 내리고 내려서
이 저녁,
허우적이는 내 마음 빈 가장귀와
간밤 꿈에서 만난 빛 사이를
이어 주고, 덮어 주고.

눈은 내리고
내리고 또 내려서
지워지는 것들, 천천히 살아나게 하고,
살아나는 모든 것들을 지우고
지우며
아득하게 서성이는
밤을 안겨다 주고.

눈은 내리고
내리고 또 내려서
지워지는 것들, 천천히 살아나게 하고,
살아나는 모든 것들을 지우고

한겨울의 **상징인** 동장군은 12월 중순부터 2월까지 우리나라에 추위를 몰고 온다. "손이 시려워 꽁! 발이 시려워 꽁! 겨울 바람 때문에~너무너무 얄미워~" 실로 이 시기에 동장군의 기세는 대단하다. 시베리아 고기압은 걸핏하면 우리나라로 입김을 불어 서해안에 폭설을 쏟아내고, 전국을 꽁꽁 얼려 우리의 손과 발을 묶어 놓으려 한다. 지난 겨울은 유난히 춥고, 눈이 많이 내려서 이면도로에 쌓인 눈까지 모두 녹는 데 한 달 정도가 걸린 듯하다. 뼈 속까지 파고드는 매서운 강추위 속에서 지루했던 여름 더위마저도 방금 데워 김이 모락모락한 핫 팩처럼 그리워했던 건 나뿐이었을까?

내일 크리스마스 이브는 전국이 평년기온을 크게 웃돌아
무척 포근하겠습니다. 저녁시간 대체로 영상 6도를 웃돌
아서 나들이하시기 적당한 밤이 되겠습니다.

성탄절인 내일은 비가 오는 곳이 많겠고 눈이 와도 대부
분 녹아서 조금은 아쉬운 화이트크리스마스가 될 것으로
보입니다. 즐거운 성탄연휴 보내시기 바랍니다.

김 명 수

찔레 열매

12월달 어느 날
싸락눈이 내린 오후
어린 아들 함께 산에 오르다가
얼음 덮인 골짜기에
빨간 열매를 보았네

황량한 골짜기에
풀잎들은 서걱이고
마른 나뭇가지들도 정적에 싸였는데
긴 겨울 잎 떨어진 찔레덩쿨 위에
서리에도 안 떨어진
그 열매가 눈부셨네

이제 겨울 깊어
흰 눈 쌓이면
모이 없는 멧새들이 와서 따먹으리

인적 없는 골짜기
빨간 그 열매
모이 없는 꿩들에게 모이가 되리

때로는 눈물짓던 내 영혼아
네 바램 어디에 두고 있느냐

어느 날 내가 죽어
깊은 겨울 오면
인적 없는 골짜기 모이라도 되랴

긴긴 겨울 잎 떨어진 찔레덩쿨 위에
서리에도 안 떨어진
그 열매가 눈부셨네

지금 서해상에 눈구름이 만들어지고 있습니다. 밤새 중부지방을 지나서 내일 아침 동해로 물러나겠습니다. 밤새 서울과 중부지방에 다시 많은 눈이 오겠으니 교통안전과 시설물 관리에 유의를 하셔야겠습니다.

대설특보가 내려진 영동지방에 지금 많은 눈이 오고 있습니다. 늦은 밤부터는 서해안지방에 다시 눈발이 굵어질 것으로 보입니다. 밤부터는 강추위가 계속되겠습니다.

밤이 깊어가면서 서해안지방의 눈발이 조금씩 굵어지고 있습니다. 내일은 수은주가 더욱더 떨어지면서 추워지겠습니다.

신 경 림

가난한 사랑 노래 — 이웃의 한 젊은이를 위하여

가난하다고 해서 외로움을 모르겠는가
너와 헤어져 돌아오는
눈 쌓인 골목길에 새파랗게 달빛이 쏟아지는데.
가난하다고 해서 두려움이 없겠는가
두 점을 치는 소리
방범대원의 호각소리 메밀묵 사려 소리에
눈을 뜨면 멀리 육중한 기계 굴러가는 소리.
가난하다고 해서 그리움을 버렸겠는가
어머님 보고 싶소 수없이 뇌어보지만
집 뒤 감나무에 까치밥으로 하나 남았을
새빨간 감 바람소리도 그려보지만.
가난하다고 해서 사랑을 모르겠는가
내 볼에 와 닿던 네 입술의 뜨거움
사랑한다고 사랑한다고 속삭이던 네 숨결
돌아서는 내 등뒤에 터지던 네 울음.
가난하다고 해서 왜 모르겠는가
가난하기 때문에 이것들을
이 모든 것들을 버려야 한다는 것을.

가난하다고 해서 왜 모르겠는가
가난하기 때문에 이것들을
이 모든 것들을 버려야 한다는 것을.

추 위 가 약 간 풀 렸 습 니 다 . 오 늘 낮 영 동 과 남 부
대 부 분 지 방 에 서 는 영 상 권 을 회 복 했 는 데 요 .

이번 주 들어 계속 떨어지기만 하던 수은주가 오늘 낮부터 처음 오름세로 돌아섰습니다. 찬 공기의 핵이
느리게 동쪽으로 이동하고 있습니다. 이 때문에 동해안지방에 눈구름이 만들어지고 있는데요. 내일도
우리나라는 대륙고기압의 영향을 계속 받겠습니다.

추위가 약간 풀렸습니다. 오늘 낮 영동과 남부 대부분 지방에서는 영상권을 회복했는데요. 다만 낮 한때
중부와 서해안지방에는 눈이 날리는 곳이 있겠습니다. 모처럼 집 안의 물청소를 하시는 것도 좋겠네요.

조 정

겨울 모슬포에 머물다

모슬포 한 장이 나를 덮쳤다

젓가락으로 멍게 한 점 들어올리던 포장마차가 유리문 안
에서 부르르 떨 때
저녁 불빛 한 점씩 어져녹져 깜박거리기 시작할 때

휘어지는지 울먹이는지
걸음을 멈추지 못하는 허리에 어두운 치맛자락을 감고
한 바위섬이 다른 바위섬에게 다가서는 듯 다가서지 못하
는 듯

낫바람 질러가는 띠풀 언덕에 말 없는 말을 세워두고
선 채로 마신 한라산*이 늙은 섬 구들처럼 뜨거울 때

모슬포 한 장이 나를 넢졌다

* 제주산 소주 이름

다시 한파가 밀려온 가운데 내일은 전국 대부분 지방에서 올 겨울 들어 가장 춥겠습니다.

다시 한파가 밀려온 가운데 내일은 전국 대부분 지방에서 올 겨울 들어 가장 춥겠습니다. 대설주의보가 내려진 제주 산간에는 최고 30cm, 충남 서해안과 호남지방 5에서 20, 그 밖의 충남 내륙과 전남 남해안 3에서 10cm 가량 쌓이겠습니다.

대설특보가 내려진 제주와 호남 서해안은 지금도 눈이 계속 오고 있습니다. 강추위는 내일 아침에 절정에 달할 것으로 보입니다. 하지만 낮부터는 조금씩 누그러지기 시작해 주말에는 영상권까지 회복하겠습니다.

최 영 철

동태

펄펄 끓는 물 속 더운 국 한 그릇 되려고
너는 지금 꽁꽁 얼어 있는 것이다
토막토막 난도질당해
아무에게도 주지 않은 속내 한 번 보이려고
저렇게 냉담한 것이다
저를 송장처럼 만들어 버린 이의
간담이나 서늘하게 하려고
내장은 이처럼 시원한 것이다
스스로 견뎌 온 침묵이 있어
다 말 못하고 술로 달랜 이의
속풀이가 되는 것이다

내일부터 반짝 강추위가 시작됩니다. 기온은 다시 영하로 떨어지겠습니다.

일월 이십일

밤새 강원 산간지방에 많은 눈이 쏟아지겠고 내일부터 반짝 강추위가 시작됩니다. 기온은 다시 영하로 떨어지겠습니다.

중부 내륙과 경북 북부지방에 다시 한파주의보가 내려졌습니다. 한파주의보는 하루 만에 기온이 10도 이상 떨어질 때 내려집니다. 추위는 모레까지 이어지다가 일요일쯤 풀리겠습니다.

고 은

문의 마을에 가서

겨울 문의에 가서 보았다.
거기까지 닿은 길이
몇 갈래의 길과
가까스로 만나는 것을.
죽음은 죽음만큼 길이 적막하기를 바란다.
마른 소리로 한 번씩 귀를 닫고
길들은 저마다 추운 쪽으로 벋는구나.
그러나 삶은 길에서 돌아가
잠든 마을에 재를 날리고
문득 팔짱 끼어서
먼 산이 너무 가깝구나.
눈이여 죽음을 덮고 또 무엇을 덮겠느냐.

겨울 문의에 가서 보았다.
죽음이 삶을 껴안은 채
한 죽음을 받는 것을.
끝까지 사절하다가
죽음은 인기척을 듣고
저만큼 가서 뒤를 돌아다본다.
모든 것은 낮아서
이 세상에 눈이 내리고

아무리 돌을 던져도 죽음에 맞지 않는다.
겨울 문의여 눈이 죽음을 덮고 또 무엇을 덮겠느냐.

눈이어 죽음을 덮고 또 무엇을 덮겠느냐.

내일 오후부터 전국에 겨울비가 내릴 것으로 보입니다. 서쪽지방부터 내리기 시작해 저녁에는 전국으로 확대되겠는데요. 특히 밤에는 강원도와 내륙 산간지방에서 비가 눈으로 바뀌는 곳이 많겠습니다. 이번 비와 눈은 내일 늦은 밤부터 모레 새벽 사이 그치겠습니다.

지금 중부지방에서는 약한 비나 진눈깨비가 내리고 있고 남부지방은 비가 내리고 있습니다. 다소 강한 비구름은 제주와 남해안에 영향을 주고 있고 중부 서해안에서는 비와 눈구름이 약해지면서 차츰 그치는 곳도 있습니다. 밤부터는 쌀쌀해질 것으로 보입니다.

윤 동 주

눈 오는 地圖

　順伊가 떠난다는 아침에 말 못할 마음으로 함박눈이 내려, 슬픈 것처럼 창밖에 깔린 地圖 위에 덮인다. 방안을 돌아다 보아야 아무도 없다. 壁과 天井이 하얗다. 방안에까지 눈이 내리는 것일까, 정말 너는 잃어버린 歷史처럼 훌훌히 가는 것이냐, 떠나기 전에 일러둘 말이 있던 것을 편지를 써서도 내가 가는 곳을 몰라 어느 거리, 어느 마을, 어느 지붕 밑, 너는 내 마음 속에서만 남아 있는 것이냐, 네 조그만 발자국을 눈이 자꾸 내려 덮여 따라갈 수도 없다. 눈이 녹으면 남은 발자국자리마다 꽃이 피리니 꽃 사이로 발자국을 찾아 나서면 1년 열두 달 하냥 내 마음에는 눈이 내리리라.

일월

입춘을 앞두고 찾아온 한파가 매섭습니다.

내일부터 매서운 입춘 한파가 시작됩니다.
서울 기준으로 내일 아침 기온 영하 9도까지 떨어지겠고
낮에도 영하 5도 등 대부분 지방에서 영하권을 맴돌겠습니다.
모레 아침은 더 추워져서 영하 12도까지 떨어지겠고
이번 추위는 금요일까지 이어지다가 주말부터 누그러지겠습니다.

입춘을 앞두고 찾아온 한파가 매섭습니다.
모레부터는 기온이 조금씩 오르겠지만
여전히 춥다가 주말부터 평년기온을 회복할 것으로 보입니다.
오늘과 내일 서해안지방에서는 밤마다 눈이 오겠습니다.

윤 중 호

죽지 않기 위하여

춥다,
곱은 손을 비비며 아침을 맞는다
성에 낀 유리창에 손톱으로
'나는 오늘 아침에도 숨을 쉰다'라고 쓴다

살기 위해서가 아니다, 다만
죽지 않기 위하여
몇 번 부대끼며 거리로 나서면
한 번 더 우스워지는 꿈
생각할 줄 안다는 가장 빛나는 선물로
우리는 이만큼 슬펐잖은가

삶의 이유를 죽음에서만 찾아야 하는
우리들의
미른히늘을 위하여
마른기침과 변신을 필요로 하는
또 다른 나와 내일을 위하여
입김으로 곱은 손을 녹이며 쓴다
'살아야지 살아야지'

또 다른 나와 내일을 위하여
입김으로 곱은 손을 녹이며 쓴다
'살아야지 살아야지'

또 다른 나와 내일을 위하여
입김으로 곱은 손을 녹이며 쓴다
'살아야지 살아야지'

나흘째 계속돼온 강추위가 주말인 내일 낮부터는 풀립니다. 하지만 전국이 갈수록 건조해지면서 불이 날 위험성이 커지고 있는데요. 오늘 남부지방에 이어 서울과 중부지방까지 건조주의보가 확대됐고, 영동지방은 건조경보가 계속 내려져 있습니다. 일요일 낮에는 제주도에 차츰 비가 오겠고 중부지방도 한때 약한 눈이나 비가 내릴 가능성이 있지만 야외활동에 큰 지장은 없을 것으로 보입니다.

오늘 살짝 내리던 비는 지금 대부분 그쳐가고 있습니다. 밤사이 비가 그친 뒤 짙은 안개 끼는 곳이 많겠으니 교통안전에 주의를 하셔야겠습니다. 내일도 낮 동안에는 포근한 날씨가 이어지겠습니다.

안 상 학

선어대 갈대밭

갈대가 한사코 동으로 누워 있다
겨우내 서풍이 불었다는 증거다

아니다 저건
동으로 가는 바람더러
같이 가자고 같이 가자고
갈대가 머리 풀고 매달린 상처다

아니다 저건
바람이 한사코 같이 가자고 손목을 끌어도
갈대가 제 뿌리 놓지 못한 채
뿌리치고 뿌리친 몸부림이다

모질게도
입춘 바람 다시 불어
누운 갈대를 더 누이고 있다
아니다 저건
갈대의 등을 다독이며 떠나가는 바람이다
아니다 저건
어여 가라고 어여 가라고
갈대가 바람의 등을 떠미는 거다

서해 5도 지방에 대설주의보가 내려진 가운데 눈이 내리고 있고 서울, 경기와 영서지방에도 대설예비특보가 내려져 있습니다.

설 연휴가 지나가면서 기온이 다시 뚝 떨어졌습니다. 당분간 이렇게 평년보다 추운 날씨를 보이다가 주말부터는 풀릴 것으로 예상됩니다. 또 내일 밤부터 모레 아침 사이 서울과 중부지방을 중심으로 많은 눈이 쏟아지겠습니다.

서해 5도 지방에 대설주의보가 내려진 가운데 눈이 내리고 있고 서울, 경기와 영서지방에도 대설예비특보가 내려져 있습니다. 눈은 내일 새벽부터 아침 사이에 그치겠지만 빙판길이 많겠으니 주의하셔야겠습니다. 내일은 또 찬바람이 불면서 춥겠습니다. 추위는 주말쯤에 풀릴 것으로 전망됩니다.

이 시 영

오동도

이 바람 지나면 동백꽃 핀다
바다여 하늘이여 한 사나흘 꽝꽝 추워라

때 이른 고온현상이 오늘 절정을 보였습니다. 이러한 고온현상은 내일 전국에 비가 오면서 수그러들 것으로 보이는데요.
특히 비가 오면서 벼락이 치거나 돌풍이 부는 곳도 있겠으니 대비하시는 게 좋겠습니다.

때이른 고온현상에 이어 오늘은 이례적인 집중호우가 내렸습니다. 지금 비구름은 남동쪽으로 이동해서 영남지방에 주로 영향을 주고 있는데요.
오전까지는 매우 짙은 안개가 끼겠습니다.

때 이른 고온현상이 오늘 절정을 보였습니다.

이 흔 복

땅끝에 서면 몬드리안의 바다가 보인다

— 효정에게

하늘 아래 풍경은 언제나 바람을 놓아 버린다.

뒷뫼에 소나무, 동구 밖에 섰는 하늘을 괼 만한 참중나무 덩달아 육화분분 동절을 오래오래 시끄러운 것은 가고 가도 간 바 없고 오고 와도 온 바 없는 바람이 불어 그렇게 오랫동안 소리 내어 울었다는 것이다.

물결은 물결을 이어 분주히 오고 가는 뭇 내에서 인적이 다문다문 끊이지 않아 더욱 좋은 땅끝까지 바다에서 바다 몬드리안의 바다까지는 멀고 멀어라.

바다는 뭍을 도로 갈라놓고 또 잇는다.

모든 형체를 갖추고도 虛한 몬드리안의 바다는 수평선이 점점 몸을 굽혀 그저 붉은 노을의 떨림이 눈부시다. 내 진실로 외로워서 울컥 삶을 약속해버린, 멀리 어란포의 갈매기 오고 가지를 마라. 하루 이틀이면 또 모른다. 때때로 한없이 아득한 저 바다 어이 건너리. 나는 네가 마음 아프다.

뭍은 바다를 도로 갈라놓고 또 잇는다.

묽은 바다를 도로 갈라놓고 또 잇는다.

5 장

눈부신 파도 위의 청춘
몬드리안의 바다

만물이
소생하는
봄에는 졸업과 입학식 등 이별과 만남이 공존하고 있다. 아쉬움과
설렘 사이에서 혼란을 겪을 때쯤 추위가 찾아와 정신을 다잡아준다. 이
때의 추위를 꽃샘추위라고 하는데, 어떤 이는 동장군보다 더 무섭다고
한다. 게다가 중국에서부터 주기적으로 황사가 밀려와 하늘을 누렇게
덮어버린다. 하지만 대지 위로, 수면 위로 치솟아 오르는 봄의 기운을
막을 장사는 세상 어디에도 없는가 보다. 봄을 알리는 촉촉한 비가 지
나고 나면 대지는 싹을 틔울 준비를 하고 낮과 밤의 일교차가 크게 벌
어지면서 봄은 남아 있는 겨울마저 말끔히 밀어낸다. 5월이 되면 이세
추위가 두렵지 않게 되고 밤에도 따스한 기운이 남아 그동안 입지 못했
던 하늘하늘한 봄옷과 조금 이른 감이 있지만 여름옷도 꺼내 입어보며
한껏 멋을 부린다. 그런가 싶은 어느 날, 봄은 어느새 우리에게 입하를
알리며 작별을 고하고, 우리는 여름 문턱으로 성큼성큼 향해간다.

내일까지 해수면 상승 시기니까 서해안 저지대
에서는 침수피해 없도록 대비하시기 바랍니다.

남쪽에서 또 비구름이 몰려오고 있습니다. 비구름이 제주와 남해안까지 올라와 있는 상태인데요. 내일 새벽에는 중부지방에도 차츰 비를 뿌리겠습니다. 특히 강원 산간지방은 내일 낮부터 많은 눈이 쏟아지겠습니다. 내일까지 해수면 상승 시기니까 서해안 저지대에서는 침수피해 없도록 대비하시기 바랍니다.

비는 대부분 그쳐가고 있지만 대설주의보가 내려진 강원 산간지방에서는 내일 새벽까지 많은 눈이 더 쏟아지겠습니다. 제주도에서는 나흘 연속 비가 오락가락하고 있는데요. 내일 오후에 또 비가 오기 시작해 밤에는 충청과 남부지방까지 확대될 것으로 보입니다.

구 상

오늘서부터 영원을

오늘도 친구의 부음訃音을 받았다.
모두들 앞서거니 뒤서거니
어차피 가는구나.

나도 머지않지 싶다.

그런데 죽음이 이리 불안한 것은
그 죽기까지의 고통이 무서워설까?
하다면 안락사安樂死도 있지 않은가?

하지만 그래도 두려운 것은
죽은 뒤가 문제로다.
저 세상 길흉이 문제로다.

이렇듯 내세를 떠올리면
오늘의 나의 삶은
너무나 잘못되어 있다.

내세를 진정 걱정한다면
오늘서부터 내세를,
아니 영원을
살아야 하지 않겠는가!

OMOTE
SANDO
HILLS

이렇듯 내세를 떠올리면

오늘의 나의 삶은

너무나 잘못되어 있다.

지금 중부와 동해안, 남부 내륙지방에 대설특보가 내려진 가운데 전국 곳곳에 눈이나 비가 쏟아지고 있습니다. 차츰 대부분 지방으로 대설특보가 확대될 것으로 보입니다. 눈, 비가 그치고 나면 내일부터는 꽃샘추위가 시작되겠는데요. 금요일쯤 풀릴 것으로 전망됩니다.

한겨울처럼 내리던 눈은 그쳤지만 꽃샘추위에 전국이 다시 얼어붙었습니다. 내일 오후부터는 영동지방을 중심으로 매우 강한 바람이 불겠으니 비닐하우스와 같은 시설물 관리에 유의를 하셔야겠습니다.

김 춘 수

샤갈의 마을에 내리는 눈

샤갈의 마을에는 삼월에 눈이 온다.
봄을 바라고 섰는 사나이의 관자놀이에
새로 돋은 정맥이
바르르 떤다.
바르르 떠는 사나이의 관자놀이에
새로 돋은 정맥을 어루만지며
눈은 수천 수만의 날개를 달고
하늘에서 내려와 샤갈의 마을의
지붕과 굴뚝을 덮는다.
삼월에 눈이 오면
샤갈의 마을의 쥐똥만한 겨울 열매들은
다시 올리브빛으로 물이 들고
밤에 아낙들은
그해의 제일 아름다운 불을
아궁이에 지핀다.

주말 오후부터는 중국에서부터 황사가 밀려올 가능성이 있으니까 대비를 잘 하시는 게 좋겠습니다. 삼월 십팔일

내일 낮부터 다시 봄기운이 강해질 것으로 보입니다. 다만 밤부터 서울, 경기와 강원도지방부터 비가 오기 시작해 주말까지 이어지겠고요. 일요일까지 해안지방을 중심으로 바람이 매우 강하게 불겠습니다. 또 주말 오후부터는 중국에서부터 황사가 밀려올 가능성이 있으니까 대비를 잘 하시는 게 좋겠습니다.

김 주 대

황사

마음을 감추고
길을 끊는다

앞이 보이지 않는 시간 속에
파란 새싹 돋는 소리를 듣는다

앞이 보이지 않는 시간 속에
파란 새싹 돋는 소리를 듣는다

지금 중부지방 곳곳에 약한 눈이나 비가 내리고
있습니다. 눈구름은 세력이 많이 약해진 채로 남
동쪽으로 내려가고 있고요. 남해상에서부터 다
가오는 또 다른 비구름의 영향으로 남해안 지방
곳곳에 비가 내리고 있습니다. 새벽부터는 황사
가 밀려올 것으로 보이는데요, 기류에 따라서 강
한 황사가 우리나라 부근을 지나갈 수도 있으니
까 대비를 잘 하셔야겠습니다.

삼월
이십이일

지금 중부지방 곳곳에 약한 눈이나 비가 내리고 있습니다.

정 지 용

春雪

문 열자 선뜻!
먼 산이 이마에 차라.

雨水節 들어
바로 초하로 아츰,

새삼스레 눈이 덮인 뫼뿌리와
서늘옵고 빛난 이마받이 하다.

얼음 금가고 바람 새로 따르거니
흰 옷고름 절로 향기롭어라.

옹송그리고 살아난 양이
아아 꿈 같기에 설어라.

미나리 파릇한 새순 돋고
옴짓 아니긔던 고기입이 오물거리는,

꽃 피기 전 철아닌 눈에
핫옷 벗고 도로 칩고 싶어라.

삼월 이십구일

내일 백령도 사고 해역에서는 처츰 구름이 물러갈 것으로 보입니다. 기온은 오늘과 비슷하겠고 남풍 또는 남동풍이 오늘보다 조금 강하게 불겠습니다. 오후에는 처츰 구름이 끼겠고 모레는 전국에 비가 오겠습니다. 토요일까지 해수면 상층 시기니까 서해안 저지대에서는 침수피해 없도록 대비하시기 바랍니다.

오후에는 차츰 구름이 끼겠고 모레는 전국에 비가 오겠습니다.

주 요 한

빗소리

비가 옵니다.
밤은 고요히 깃을 벌리고
비는 뜰 위에 속색입니다.
몰래 지껄이는 병아리같이.

으지러진 달이 실날 같고
별에서도 봄이 흐를 듯이
따뜻한 바람이 불더니
오늘은 이 어둔 밤을 비가 옵니다.

비가 옵니다.
다정한 손님같이 비가 옵니다.
창을 열고 맞으려 하여도
보이지 않게 속색이며 비가 옵니다.

비가 옵니다.
뜰 우에, 창밖에, 지붕에
남 모를 기쁜 소식을
나의 가슴에 전하는 비가 옵니다.

일요일인 모레는 기온이 다시 오름로 바뀌면서 포근해지겠습니다.

주말인 내일도 아침, 저녁에는 쌀쌀한 날씨가 이어지겠습니다. 서울 기준으로 아침 0도, 낮에는 11도로 일교차가 커지겠습니다. 중부지방에서 옅은 황사가 나타나는 곳도 있겠습니다. 일요일인 모레는 기온이 다시 오름세로 바뀌면서 포근해지겠습니다. 지금 백령도에 옅은 황사가 나타나고 있습니다. 오늘 밤 중국 북경 북쪽에서 발생하는 황사의 일부는 중부지방을 스쳐 지나갈 것으로 보입니다.

김 정 환

유채꽃밭

내가 그대의 허망함을 눈치채기도 전에

그대가 나의 未亡의 눈앞에 펼쳐논 온통 샛노란 불볕, 벌판

그대는 내 앞에서 그대의 몸가짐을 흐트리며 출렁이면서

그대의 마음도 눈이 부시게 흔들리고 싶을 때

그러나 그대가 일용의 양식으로 머금고 배앝아 낸

입술에 배인

고운 피, 거친 숨결이

나는 보일 것도 같애 반란으로도 모자란, 학살로도 모자란

그대는 아직도 동요하지 않는 한라산 슬하에서

이제껏 조바심내며 출렁거리며 바람에 몸 식혀 왔나니

아아 그대가 내 앞에 마련해논 광대한 벌판은 벌써 미쳐버린

색깔로

내 앞에서 끝도 없어라

내 앞에서 끝도 없어라

마침내 강심장으로 돌아온 사랑 앞에서

마침내 강심장으로 돌아온 사랑 앞에서

현재 전국 대부분 지방에 강풍주의보가 내려진 가운데 모든 바다에는 풍랑주의보가 내려져 있습니다. 내일 아침은 더 추워집니다. 중부 내륙 산간지방에서는 얼음이 어는 곳도 있겠습니다. 이번 추위는 모레부터 누그러지기 시작해 주말에는 평년기온을 회복하겠습니다.

밤 한때 제주와 남부지방을 중심으로 약한 눈이 날리거나 빗방울이 떨어지는 곳이 있겠습니다. 눈과 비는 늦은 밤이나 새벽에 그칠 것으로 보입니다. 내일도 쌀쌀한 날씨가 계속되겠습니다. 추위는 주말쯤 풀리겠습니다. 내일 백령도 사고해상도 대체로 맑은 날씨를 보이겠고 바람은 시속 30km 안팎으로 오늘보다 조금 약해지겠습니다. 유속은 차츰 더 빨라지겠습니다.

현재 전국 대부분 지방에 강풍주의보가 내려진 가운데 모든 바다에는 풍랑주의보가 내려져 있습니다.

김 용 택

섬진강 매화꽃을 보셨는지요

매화꽃 꽃이파리들이

하얀 눈송이처럼 푸른 강물에 날리는

섬진강을 보셨는지요

푸른 강물 하얀 모래밭

날 선 푸른 댓잎이 사운대는

섬진강가에 서럽게 서보셨는지요

해 저문 섬진강가에 서서

지는 꽃 피는 꽃을 다 보셨는지요

산에 피어 산이 환하고

강물에 져서 강물이 서러운

섬진강 매화꽃을 보셨는지요

사랑도 그렇게 와서

그렇게 지는지

출렁이는 섬진강가에 서서 당신도

매화꽃 꽃잎처럼 물 깊이

울어는 보았는지요

푸른 댓잎에 베인

당신의 사랑을 가져가는

흐르는 섬진강 물에

서럽게 울어는 보았는지요.

오늘 서울지방 기온이 처음으로 20도를 넘는 등 전국이 올 들어 가장 따뜻했습니다. 내일은 오늘보다 기온이 조금 내려가기는 하겠지만 그래도 포근한 날씨가 이어지겠습니다. 오후에는 서해안부터 비가 오기 시작해 밤에는 전국에 비가 내리겠는데요. 특히 제주와 남해안지방을 중심으로 많은 비가 쏟아지겠습니다. 이번 비는 모레 낮부터 그칠 것으로 보입니다.

지금 중부지방과 서해안지방을 중심으로 비가 내리고 있습니다. 또 다른 비구름대가 제주와 호남. 경남지방까지 덮고 있는데요 비구름은 잇따라 남서쪽에서 몰려오고 있는 상태입니다. 이에 따라 오늘 밤은 전국으로 비가 확대되겠습니다.

오늘 서울지방 기온이 처음으로 20도를 넘는 등 전국이 올 들어 가장 따뜻했습니다.

이 수 복

봄비

이 비 그치면
내 마음 강나루 긴 언덕에
서러운 풀빛이 짙어오것다.

푸르른 보리밭길
맑은 하늘에
종달새만 무에라고 지껄이것다.

이 비 그치면
시새워 벙그러질 고운 꽃밭 속
처녀애들 짝하여 새로이 서고

임 앞에 타오르는
향연과 같이
땅에선 또 아지랑이 타오르것다

겠습니다. 일요일인 모레는 더욱 따뜻하겠습니다.

사 월 삼 십 일

주말이자 5월 첫날인 내일 낮부터 때늦은 봄추위가 완전히 풀리겠습

니다. 다만 동해안지방을 중심으로 바람이 다소 강하게 불겠고 영동지

방에는 건조주의보가 내려져 있으니까 산불 나지 않도록 주의하셔야

겠습니다. 일요일인 모레는 더욱 따뜻하겠습니다.

사 월 삼 십 일
내일 낮부터 때늦은 봄추위가
완전히 풀리겠습니다

이 상 국

물푸레나무에게 쓰는 편지

너의 이파리는 푸르다
피가 푸르기 때문이다
작년에 그랬던 것처럼
잎 뒤에 숨어 꽃은 오월에 피고
가지들은 올해도 바람에 흔들린다
같은 별의 물을 마시며
같은 햇빛 아래 사는데
네 몸은 푸르고
상처를 내고 바라보면
나는 온몸이 꽃이다
오월이 오고 또 오면
언젠가 우리가 서로
몸을 바꿀 날이 있겠지
그게 즐거워서
너에게 편지를 쓴다

한동안 추워서 불편하더니 이제는 더위가 걱정입니다. 내일도 영동과 남부지방을 중심으로 초여름 날씨가 계속되겠습니다. 어린이날인 수요일에는 낮 동안 구름이 끼겠지만 나들이에 큰 지장은 없겠습니다.

어린이날이자 입하인 내일은 낮 동안 전국이 흐려지겠지만 나들이에는 큰 불편이 없을 것으로 보입니다. 오늘과 비교하면 비슷하거나 약간 낮은 정도가 되겠습니다. 다만 밤에는 서해안과 제주지방부터 비가 오기 시작해 새벽에는 전국으로 확대되겠는데요, 이 비는 모레 낮에 그치겠고 비가 갠 뒤에는 전국이 선선해질 것으로 전망되고 있습니다.

김영랑

모란이 피기까지는

모란이 피기까지는

나는 아직 나의 봄을 기다리고 있을 테요

모란이 뚝뚝 떨어져 버린 날

나는 비로소 봄을 여읜 설움에 잠길 테요

오월 어느 날 그 하루 무덥던 날

떨어져 누운 꽃잎마저 시들어 버리고는

천지에 모란은 자취도 없어지고

뻗쳐 오르던 내 보람 서운케 무너졌느니

모란이 지고 말면 그 뿐, 내 한 해는 다 가고 말아

삼백예순 날 하냥 섭섭해 우옵네다

모란이 피기까지는

나는 아직 기다리고 있을 테요, 찬란한 슬픔의 봄을

6 장 | 대지를 꽃단장하는 봄바람

오월 중순부터
유월 하순까지의
우리나라 날씨는 여전한 황사와 더불어 봄을 이기지 못한 여름이 시시각각 날름거리는 시기이다. 봄과 여름 사이에 내리는 비는 알맞게 대지를 적셔주기에 농사일에 꼭 필요하고, 눈치 없이 때이르게 찾아온 더위를 식혀주기도 한다. 비가 내리고 나면 공기 중에 먼지가 걷혀 시야가 일시적으로 확 트인다. 이때 우리는 서울 남산에서 인천 앞바다가 훤히 보일 정도의 파란 하늘을 구경할 수 있다. 올해 2010년 5월 26일 서울의 가시거리가 무려 35km로 1997년 이후 13년 만에 가장 맑았다. 게다가 1976년 4월 18일, 97년 5월 8에는 가시거리가 40km 이상 뻥 뚫리기도 했다는데……. 어쩌면 봄비는 아주 오래전부터 대기 중의 청소기 역할을 성실히 해왔나 보다. 선명한 하늘에 넋을 잃는 것도 잠시다. 태양이 서서히 뜨거워지면서 한여름 더위를 맛보기로 보여주고, 장마철을 앞두고 급속도로 날씨가 습해진다. 여름방학과 휴가를 계획하며 여름의 한복판으로 풍덩 빠질 생각에 아찔한 시기이다.

오 월 십 일

지금 서울과 중서부 지방을 중심으로 옅은 황사가 나
타나고 있습니다. 이 황사는 내일까지 영향을 주다가
밤부터는 사라질 것으로 보입니다.

지금 서울과 중서부 지방을 중심으로

옅은 황사가 나타나고 있습니다. 이

황사는 내일까지 영향을 주다가 밤부

터는 사라질 것으로 보입니다. 강도

는 약한 편이지만 노약자나 호흡기질

환자들에게는 피해가 있을 수 있으니

까 대비를 잘 하시는 게 좋겠습니다.

내일도 전국에서는 선선한 날씨가 이

어지겠습니다.

이 기 인

요사이 걸음

흙과 바람 속을 조심조심 걸어오신 걸음이
지금은 호미를 놓고 복사꽃 그늘을 틀니로 한입 베어먹는다
요사이 땅에 떨어진 햇빛은 작은 무덤을 훑고 지나간다
아직 정을 떼지 못한 붉은 잎을 비춘다
누런 집의 누런 뒤뜰에 살고 있는 복숭아나무를 지나서
소쿠리에 쑥과 냉이와 기침을 담던 걸음이 눋지 않아서
이 봄에도 씨앗을 가지러 곳간으로 가며
고맙습니다, 먼 산에서 내려오는 꽃맛을 본다

오현종 시집의

내일은 제법 비다운 비가 전국을 흠뻑 적실 것으로 보입니다

내일은 제법 비다운 비가 전국을 흠뻑 적실 것으로 보입니다.
서해에서 남북으로 폭넓게 자리잡은 비구름이 계속 밀려오고 있기 때문에
자정 이후에는 비가 전국으로 확대되겠습니다.
특히 제주와 지리산 일대, 중부 일부 지방에서는
여름 같은 장대비가 쏟아지기도 하겠습니다.
모레까지는 일시 선선한 날씨를 보이겠습니다.
비는 모레 오전부터 그치겠습니다.

기 형 도

엄마 걱정

열무 삼십 단을 이고
시장에 간 우리 엄마
안 오시네, 해는 시든 지 오래
나는 찬밥처럼 방에 담겨
아무리 천천히 숙제를 해도
엄마 안 오시네,
배추잎 같은 발소리 타박타박
안 들리네, 어둡고 무서워
금 간 창 틈으로 고요히 빗소리
빈방에 혼자 엎드려 훌쩍거리던

아주 먼 옛날
지금도 내 눈시울을 뜨겁게 하는
그 시절, 내 유년의 윗목

아무리 천천히 숙제를 해도
엄마 안 오시네,
배추잎 같은 발소리 타박타박
안 들리네, 어둡고 무서워

석 가 탄 신 일 인 내 일 은 전 국 이 여 름 같 이 덥 겠 습 니 다 .

석가탄신일인 내일은 전국이 여름같이 덥겠습니다. 주말인 모레는 낮에 제주와 남부지방에서 비가 오겠
는데요. 특히 지리산과 한라산 일대에서는 매우 많은 비가 쏟아지겠으니 피해 없도록 대비를 하셔야겠
습니다. 일요일에는 비가 전국으로 확대되겠습니다. 비는 월요일에 차츰 그치겠습니다.

김 형 영

따뜻한 봄날

어머니, 꽃구경 가요.
제 등에 업히어 꽃구경 가요.

세상이 온통 꽃 핀 봄날
어머니 좋아라고
아들 등에 업혔네.

마을을 지나고
들을 지나고
산자락에 휘감겨
숲길이 짙어지자
아이구머니나
어머니는 그만 말을 잃었네.
봄구경 꽃구경 눈 감아버리더니
한움큼 한움큼 솔잎을 따서
가는 길바닥에 뿌리며 가네.

어머니, 지금 뭐 하시나요.
꽃구경은 안 하시고 뭐 하시나요.
솔잎을 뿌려서 뭐 하시나요.

아들아, 아들아, 내 아들아
너 혼자 돌아갈 길 걱정이구나.
산길 잃고 헤맬까 걱정이구나.

오늘 서울에서는 13년 만에 가장 선명한 하늘을 볼 수 있었습니다. 가시거리가 무려 35km로 서울 남산에서 인천 앞바다까지 훤히 볼 수 있을 정도였는데요. 동해안을 제외한 전국 대부분 지방에서 가시거리가 평소의 두세 배에 달했습니다. 나흘 동안 이어진 비가 대기중의 먼지를 말끔히 씻어내고 고기압으로부터 깨끗한 공기가 밀려왔기 때문인데요. 내일도 맑고 쾌적한 날씨가 계속되겠습니다.

어제, 오늘 화창하던 하늘이 내일은 차츰 구름에 가릴 것으로 보입니다. 오전까지는 대부분 지방에서 맑은 하늘을 보이다가 오후에 차츰 구름이 몰려오겠는데요. 낮기온은 평년 이맘때와 비교하면 1도에서 3도 가량 낮은 기온을 보이겠습니다. 당분간은 이처럼 선선한 날씨가 계속될 전망입니다. 닷새간 계속된 너울 현상은 차츰 잦아들고 있는데요. 오늘 낮에 동해 동부바다에 내려졌던 풍랑주의보는 해제가 됐습니다.

유 치 환

행복

 —사랑하는 것은
사랑을 받느니보다 행복하나니라
오늘도 나는
에메랄드빛 하늘이 환히 내다뵈는
우체국 창문 앞에 와서 너에게 편지를 쓴다

행길을 향한 문으로 숱한 사람들이
제각기 한 가지씩 생각에 족한 얼굴로 와선
총총히 우표를 사고 전보지를 받고
먼 고향으로 또는 그리운 사람께로
슬프고 즐겁고 다정한 사연을 보내나니

세상의 고달픈 바람결에 시달리고 나부끼어
더욱더 의지 삼고 피어 헝클어진 인정의 꽃밭에서
너와 나의 애틋한 연분도
한 망울 연연한 진홍빛 양귀비꽃인지도 모른다

 —사랑하는 것은
사랑을 받느니보다 행복하나니라
오늘도 나는 너에게 편지를 쓰나니

- 그리운 이여 그러면 안녕
설령 이것이 이 세상 마지막 인사가 될지라도
사랑하였으므로 나는 진정 행복하였네라

— 그리운 이여 그리면 안녕

선거일인 내일은 전국이 대체로 맑고 화창
해서 투표하시는 데 큰 불편이 없겠습니
다. 다만 일교차가 커서 아침공기는 차가우
니까 따뜻하게 입으시는 게 좋겠고요. 강원
산간지방에서는 영하로 떨어지는 곳도 있
겠으니 농작물 피해 없도록 대비를 하셔야
겠습니다.

달력상으로는 여름이 시작됐지만 계절은
아직도 봄입니다. 아침에는 춥고 낮에 더운
날씨가 이어지고 있는데요. 감기 걸리기 쉬
운 날씨니까 특히 어르신과 아이들 건강관
리에 신경을 써주셔야겠습니다. 당분간 대
체로 맑은 가운데 한낮 더위가 계속될 전
망입니다.

건강에 해로운 자외선이 본격적으로 강해
지는 계절이 시작됐습니다. 우리나라의 자
외선을 월별로 살펴보면 봄부터 꾸준히 강
해지다가 이달부터 석 달 동안 최대강도를
나타내게 됩니다. 내일도 대부분 지방에서
햇볕이 강하겠습니다. 양산이나 모자, 자외
선차단제를 적극적으로 활용하시는 게 좋
겠습니다. 낮에는 덥겠습니다. 다만 일교차
가 커서 밤에는 다소 선선하겠으니 체온관
리에 유의를 하셔야겠습니다.

안 도 현

고추밭

어머니의 고추밭에 나가면
연한 손에 매운 물 든다 저리 가 있거라
나는 비탈진 황토밭 근방에서
맴맴 고추잠자리였다
어머니 어깨 위에 내리는
글썽거리는 햇살이었다
아들 넷만 나란히 보기 좋게 키워내셨으니
진무른 벌레 먹은 구멍 뚫린 고추 보고
누가 도현네 올 고추 농사 잘 안 되었네요 해도
가을에 가 봐야 알지요 하시는
우리 어머니를 위하여
나는 빨리 어른이 되고 싶었다

우리 어머니를 위하여
나는 빨리 어른이 되고 싶었다

매일 기록을 경신하는 한여름 더위가 계속되고 있습니다.

오늘 많이 더우셨죠. 내일도 서쪽지방은 무더위가 계속되겠습니다. 반면 동쪽 해안은 저온현상을 보이겠습니다. 동해에서 불어오는 선선한 바람이 태백산맥을 넘어가면서 푄현상을 일으켰기 때문입니다. 지금 내륙지방 곳곳에 대기불안정에 의한 구름이 발달하고 있는데요. 오늘 밤 내륙지방 곳곳에는 벼락과 돌풍을 동반한 소나기가 올 것으로 보입니다.

매일 기록을 경신하는 한여름 더위가 계속되고 있습니다. 내일 역시 32도까지 치솟아 오늘과 비슷하거나 조금 더 더울 것으로 보입니다. 이 같은 한여름 더위는 당분간 이어지다가 주말쯤 조금 수그러들 것으로 보입니다. 나로호 발사 예정인 전남 고흥우주센터에서는 내일 오후에 구름만 다소 낄 것으로 보입니다.

이 기 철

地上에서 부르고 싶은 노래 2

언덕 너머에 집이 있고 길 건너에 물이 있다

배추밭을 가꾸는 사람들의 마음이 거칠어져서는 안 된다

인간의 말은 너무 난해해

소들은 풀들과 가장 가까운 곳에 귀를 대고 산다

안 보이는 곳에서 샘물이 솟고

벌레들은 해지기 전에 가시나무 울타리에 집을 짓는다

가본 길만 길이 아니다, 어둠 속으로 벋은

가보지 않은 길은 얼마나 깊고 싱싱한가

그곳에 흩어진 마음 조각들이

저들끼리 모여서 노래가 된다

인간의 말은 너무 난해해
소들은 풀들과 가장 가까운 곳에 귀를 대고 산다

남아공월드컵이 치러지는 내일 경기장은 맑겠지만 우리나라에서는 비가 내리겠습니다.

남아공월드컵이 치러지는 내일 경기장은 맑겠지만 우리나라에서는 비가 내리겠습니다. 경기 시각 넬슨 만델라 베이 경기장에서는 햇살이 가득할 것으로 보입니다. 반면 우리나라에서는 비가 내리는 곳이 많아서 야외로 응원 나가실 때는 우산을 꼭 준비하시는 게 좋겠습니다. 이 비는 일요일인 모레 새벽에 그칠 것으로 보이고요. 비가 그친 뒤에는 평년 기온을 회복할 것으로 전망됩니다.

장마철을 앞두고 본격적인 여름비가 곳곳에 쏟아지고 있습니다. 특히 좁은 지역에 시간당 30mm 안팎의 벼락을 동반한 강한 비가 쏟아지겠으니 대비를 철저히 하시는 게 좋겠습니다. 지금 우리나라 상공에 잇따라 기압골이 발달하고 있는 모습입니다. 장마전선은 목요일 제주 부근까지 올라왔다가 주말에는 전국 대부분 지방에 장맛비를 뿌리겠습니다.

강 은 교

우리가 물이 되어

우리가 물이 되어 만난다면
가문 어느 집에선들 좋아하지 않으랴.
우리가 키큰 나무와 함께 서서
우르르 우르르 비오는 소리로 흐른다면.

흐르고 흘러서 저물녘엔
저혼자 깊어지는 강물에 누워
죽은 나무뿌리를 적시기도 한다면.
아아, 아직 처녀인
부끄러운 바다에 닿는다면.

그러나 지금 우리는
불로 만나려 한다.
벌써 숯이 된 뼈 하나가
세상에 불타는 것들을 쓰다듬고 있나니

만리 밖에서 기다리는 그대여
저 불 지난 뒤에
흐르는 물로 만나자.
푸시시 푸시시 불꺼지는 소리로 말하면서
올 때는 인적 그친
넓고 깨끗한 하늘로 오라.

1 6강을 향한 마지막 경기가 펼쳐지는 내일 새벽,
경기장은 비가 내릴 가능성이 있고요. 유월 이십이일

오늘은 하지. 1년 중에 낮이 가장 긴 하루였습니다. 서울 기준으로 보시면 낮의 길이가 14시간 46분으로 밤시간보다 5시간 32분이 더 긴데요. 이렇게 긴 낮은 수요일까지 계속되다가 목요일부터 차츰 줄어들 것으로 보입니다. 장마전선이 먼 남쪽으로 물러가면서 무더위가 더 심해지고 있습니다.

16강을 향한 마지막 경기가 펼쳐지는 내일 새벽. 경기장은 비가 내릴 가능성이 있고요. 우리나라 날씨는 다소 쌀쌀할 것으로 보입니다. 같은 시각 우리나라는 대체로 맑은 날씨를 보이겠지만 새벽기온이 15도 안팎까지 떨어져 차갑겠습니다. 야외 응원 나가실 때는 따뜻한 겉옷을 준비하시는 게 좋겠습니다. 내일은 전국이 대체로 맑은 날씨를 보이겠습니다.

김 선 우

내 몸 속에 잠든 이 누구신가

그대가 밀어 올린 꽃줄기 끝에서
그대가 피는 것인데
왜 내가 이다지도 떨리는지

그대가 피어 그대 몸속으로
꽃벌 한 마리 날아든 것인데
왜 내가 이다지도 아득한지
왜 내 몸이 이리도 뜨거운지

그대가 꽃 피는 것이
처음부터 내 일이었다는 듯이.

땅끝에 서면
몬드리안의 바다가
보.인.다.

초판 1쇄 발행일 | 2010년 7월 15일
초판 2쇄 발행일 | 2010년 7월 30일

엮은이 | 박은지
펴낸이 | 하태복

펴낸곳   이가서
주소   서울시 마포구 서교동 469-5 정서빌딩 2F
전화 · 팩스   02-336-3502~3   02-336-3009
홈페이지   www.leegaseo.com
등록번호   제10-2539호

ISBN   978-89-5864-282-4   03810